क्या करेगी हवा!

क्या करेगी हवा!

डॉ. प्रवीण शुक्ल

वाणी प्रकाशन

वाणी प्रकाशन

4695, 21-ए, दरियागंज, नयी दिल्ली 110 002

शाखा

अशोक राजपथ, पटना 800 004

फ़ोन: +91 11 23273167 फ़ैक्स: +91 11 23275710

www.vaniprakashan.in
vaniprakashan@gmail.com

KYA KAREGI HAWA!
by Dr. Praveen Shukla

ISBN : 978-93-5072-918-2
Ghazals

प्रथम संस्करण 2015
मूल्य : ₹250

हर्ष प्रिंटर्स, दिल्ली-110 093 में मुद्रित

वाणी प्रकाशन का लोगो मक़बूल फ़िदा हुसेन की कूची से

(स्व.) अल्हड़ बीकानेरी जी

की

स्मृतियों को...

अनुक्रम

डॉ. प्रवीण शुक्ल की ग़ज़लें प्रेम की ख़ुशबू और विसंगतियों के दर्द का आलेख हैं

लगभग 175 पुस्तकों की भूमिकाएँ लिखने के बाद, आज जब मैं देश-विदेश में अपने नाम को हास्य-व्यंग्य के कवि के रूप में रौशन करने वाले गीतकार, ग़ज़लकार डॉ. प्रवीण शुक्ल के ग़ज़ल-संग्रह की भूमिका लिखने बैठा हूँ, तो अचानक मेरे मन में एक प्रश्न उठा है कि आख़िर यह भूमिका शब्द है क्या? सोचा तो यह बात एकदम समझ में आ गई कि यह 'भूमिका' शब्द रंगमंच से आया है। रंगमंच पर पात्र अपना-अपना अभिनय करके जो प्रदर्शन करते हैं उसी को उनकी भूमिका निभाना कहा जाता है। अगर सच कहा जाए तो भूमिका-लेखक को किसी भी पुस्तक की भूमिका लिखते समय उक्त पुस्तक को रंगमंच मानकर और उसमें जो रचनाएँ हैं उन्हें इस रंगमंच का पात्र मानकर, उनके अभिनय अर्थात भूमिकाओं की गुणवत्ता और उनके विविध रूपों की सार्थकता की खोज-बीन करनी पड़ती है। कविताओं में आए 'शब्द' और उनकी 'कहन' उन कविताओं-रूपी पात्रों के अनुभाव होते हैं जो उन कविताओं में छुपे हुए भावों की पहचान करते हैं। कविताएँ क्या कह रही हैं, उनकी प्रस्तुति कैसी है, क्या उन्होंने पूरी तरह से अपना वह किरदार निभाया है जो उनका लेखक जोकि स्वयं एक निर्माता और निर्देशक के रूप में इन रचनाओं के पीछे है, चाहता था, इन सबका आकलन भी करना पड़ता है।

कभी-कभी यह विचार भी आता है कि कोई भी रचनाकार स्वयं एक पात्र की तरह होता है जो अपनी रचनाओं में अपने किरदार को निभाता है। उनमें उसका व्यक्तित्व, उसकी सोच, उसकी संवेदनाएँ, उसका ज्ञान, उसकी अपनी कलात्मकता निहित रहती है। वह स्वयं एक पात्र होता है और उसकी रचनाएँ उसका किरदार। उसकी भाषा उसका लिबास, उसकी 'कहन' उसकी संवाद-शैली और कविता की अन्य विशेषताएँ उसकी अपनी इस अभिनय-जनित भूमिका का प्रमुख हिस्सा होती हैं किसी भी पात्र को जिस किरदार निभाने के लिए चुना जाता है वह पात्र उस किरदार के व्यक्तित्व में प्रवेश करता है और उस जैसा ही होकर स्वयं को प्रदर्शित करता

है। जो व्यक्ति राम बना वह राम तो नहीं है किन्तु जब तक वह राम के किरदार को निभाता है तब तक उसे स्वयं को राम ही समझना पड़ता है। अलग-अलग किरदारों में एक ही पात्र को अलग-अलग रूपों में रहना पड़ता है। भूमिका लेखक की भूमिका भी यही है कि वह पुस्तक की रचनाओं की भूमिकाओं की जाँच-परख करे। इस दृष्टि से मुझे यह आत्मसंतोष है कि डॉ. प्रवीण शुक्ल की ये ग़ज़लें अपना किरदार निभाने में पूरी तरह सफल हुई हैं।

अगर हम ग़ज़ल को एक पात्र मानें तो उसे अपने किरदार निभाने में कई रूप धारण करने पड़ते हैं। क्योंकि ग़ज़ल में प्रत्येक शे'र स्वतंत्र होता है। एक शे'र प्यार-मुहब्बत का है तो दूसरा राजनीति पर हो सकता है। इसलिए ग़ज़ल को एक शे'र में प्रेमी-प्रेमिका की तो दूसरे में एक राजनीतिज्ञ की भूमिका निभानी पड़ती है। एक रूप से दूसरे रूप में, एक भूमिका से दूसरी भूमिका में तुरंत आना आसान काम नहीं होता और अगर यह कार्य कोई ग़ज़ल सरलता से सम्पन्न कर लेती है तो यह कहना ही चाहिए कि उस ग़ज़ल की भूमिका सफल रही, साथ ही यह भी कहना चाहिए कि ग़ज़लकार सफल रहा। इस दृष्टि से भी डॉ. प्रवीण शुक्ल एक कुशल ग़ज़लकार हैं।

डॉ. प्रवीण शुक्ल की ग़ज़लों का मूल व्यक्तित्व एक प्रेममय व्यक्ति का व्यक्तित्व है जो एक ओर अपने प्रिय को संसार में सबसे बड़ा मानता है और दूसरी ओर प्रेम को संसार की सबसे बड़ी धरोहर। प्रेमी अपने प्रिय से जो भी कहता है, जो कुछ चाहता है और जो भी शिकवा-शिकायत करता है, प्रवीण की ग़ज़लों में वह सब कुछ है। प्रेमी अपने प्रिय को रिझाने के सौ उपाय ढूँढ़ता है। अपनी ख़ूबियों को प्रिय के सामने लाने का मन रखता है। अपना सब कुछ वह प्रिय के लिए समर्पित कर देता है। अपने मन की वास्तविकता को वह प्रिय के समक्ष लाने का प्रयास करता है। उसका एक-एक कार्य उसके प्रिय के लिए ही होता है। प्रेमी यदि कलाकार है तो उसकी इच्छा होती है कि उसकी कला को उसका प्रिय भी जान ले और वह अपने प्रिय से कह ही बैठता है—'लिख रहा हूँ ग़ज़ल सब तुम्हारे लिए/मुझको जीने हैं पल सब तुम्हारे लिए/छंद, दोहा, ग़ज़ल, गीत, मुक्तक, तुम्हीं/लिख रहे आजकल सब तुम्हारे लिए।...और ऐसे प्रिय के लिए ये सब क्यों न लिखे जाएँ जिनके बारे में कवि यह कहता है—'उनका मुझको सोचना अच्छा लगा/कनखियों से देखना अच्छा लगा।'...और जिस प्रिय का ध्यान आते ही कवि को यह कहना पड़ा—'तुम्हारे बारे में सोचा तो यूँ लगा हमको/इलाहबाद में संगम नहाके बैठ गए।' प्रिय के बारे में सोचना ही ज़िंदगी में एक नयी रौशनी बिखेर देता है—'जब भी अँधियारी रातों में उसका चेहरा

देखा है/मुझको ऐसा क्यूँ लगता है जैसे चंदा देखा है।'...और इतना ही नहीं वरन्–'झील-सी आँखें, कमल होंठ हैं जिसके, वो मुझे/इत्र में महके सरोवर की तरह लगती है।' प्रेम का बाह्य आधार सौन्दर्य है। सुंदरता को सामने देखकर आँखें खिल उठती हैं। किन्तु सूरत के साथ सीरत भी अर्थात प्रिय के व्यक्तित्व और व्यवहार की अच्छाई भी प्रेम को जन्म देती है। इस वास्तविकता को समझते हुए ही प्रवीण कहते हैं–'तन के ज़ेवर और हैं/मन के हैं ज़ेवर अलग।'

प्रेमी अपने प्रिय के एहसासात को भी अच्छी तरह समझता है। सच्चे मन से प्रेम करने वाले भला कहीं अपने प्रिय को भूल पाते हैं–'यूँ वो कहती है तुझको भूली मैं/और रहती है खोई-खोई भी।' प्रत्येक प्रेमी चाहता है कि उसके प्रिय को कोई कष्ट न हो। वह उसके चेहरे पर हमेशा मुस्कान ही देखना चाहता है आँसू नहीं। इसीलिए वह यह कहता है–

कभी जब याद आते हैं तुम्हारी आँख के आँसू
मुझे बेहद सताते हैं तुम्हारी आँख के आँसू
कभी तुम आँख में अपनी इन्हें लाना न भूले से
किसी का दिल दुखाते हैं तुम्हारी आँख के आँसू

सच तो यह है कि प्रत्येक सच्चे प्रेमी को अपना प्रिय ईश्वर जैसा नज़र आता है और वह इस बात को ज़ाहिर भी करता है–'उसको देखूँ तो मेरे दिल को सुकूं मिलता है/उसकी सूरत मुझे ईश्वर की तरह लगती है।'

जैसा कि दुनिया में हमेशा होता रहा है कि यह दुनिया दो प्रेमियों को नहीं मिलने देती। दोस्त ही दुश्मन बन जाते हैं और बहुत-सी ग़लतफ़हमियाँ पैदा कर देते हैं–'दोस्तों ने निभाई है यूँ दोस्ती/तुझमें-मुझमें ग़लतफ़हमियाँ हो गईं।' दोस्तों ने बिना बात के क़िस्से बना दिये–'उठी मेरी तरफ़ उसकी नज़र इक बार मुश्किल से/ बना डाला है दुनिया ने यूँ ही बिन बात का क़िस्सा।'... लेकिन कवि जानता है कि–'एक़ दिन ज़माना ये प्यार को ही पूजेगा/लौटकर हमारे फिर द्वार को ही पूजेगा।' क्योंकि उनका विश्वास है–'जिधर राधा-किशन पहुँचे सभी खिंचकर उधर पहुँचे/कहा किसने कि उनके रास की ख़ुशबू नहीं होती।' लेकिन आजकल प्यार भी पहले जैसा प्यार नहीं रहा। आज तो यह ही कहा जा सकता है–'पछताएगा जीवन भर/प्यार, वफ़ा का ज़िक्र न कर।' क्योंकि–'थी उसूलों की जिन दिनों क़ीमत/उस ज़माने की बात मत करना।'.. .और वे इसीलिए यह मानते हैं–'जो अपने बयानों से हर रोज़ मुकरते हैं/ऐसों का यहाँ कोई किरदार नहीं होता।' मगर यह दुनिया दिखावे को ही पसंद करती है, सच्चाई को नहीं। कवि इस बात को समझ कर ही यह कहता है–'दौर

अब दिखावे का आ गया है कुछ ऐसा/लोग आज पत्थर को आइना समझते हैं।' आज की मुहब्बत भी मुँह-देखे की मुहब्बत है—'मेरे मुँह पर जिसने मेरी तारीफ़ों के पुल बाँधे हैं/ज़रा पीठ फिरते ही उसका पीछे से ख़ंजर चलता है।' इस पर भी यह तुर्रा और कि—'मुँह फेरते ही तंज़ तो करता है बार-बार/मिलते ही चाहता है मुहब्बत, कमाल है!'...और अगर किसी ने सच बोल दिया तो उसे ज़हर पीना पड़ता है—'चला जो सच के रस्ते पर, ज़हर पीना पड़ा उसको/यही बातें बताता है सदा सुकरात का क़िस्सा।' आज आदमी मतलबपरस्त हो गया है—'अपना काम निकलने पर/अब वो आता नहीं नज़र।'

प्रवीण ने आज के भारत के हालात पर भी बहुत कुछ लिखा है। उन्होंने अपनी ग़ज़लों में दुनिया के हालात और आदमी की फ़ितरत की बात भी की है। क्योंकि आज की ग़ज़लें केवल प्रेम-प्यार की ही बात नहीं करतीं—'केवल जामो-मीना इनको मत समझो दुनिया वालो/आज की ग़ज़लें ये कहती हैं, हम पर तीर-कमान भी है।' मगर यह बात उन्होंने कभी सीधे-सीधे, कभी लक्षणा में और कभी व्यंग्य की भाषा में की है। देश की अर्थव्यवस्था से वे खुश नहीं हैं। आज भी समाज में मेहनतकश का शोषण हो रहा है। निर्धन और शोषित समाज की दशा का बयान करते हुए वे कहते हैं—'कैसे जी-जीकर मरता है/देखो निर्धन की पेशानी। दुखड़े पहले ही क्या कम थे/उस पर बिटिया हुई सयानी।' मज़े की बात यह है कि जो शोषण करते हैं वे ही सुबह पूजा-पाठ भी कुछ ज़्यादा ही कर रहे हैं—'चैन मुफ़लिस का लूटने वाले/बंदगी सुबहो-शाम करते हैं।' लोग पैसे के पीछे भाग रहे हैं, जब कि प्रवीण की मान्यता यह है—'सिर्फ़ नेकी ही तेरे सँग जाएगी/जोड़ता फिर रहा है तू ज़र किसलिए।'

आज की न्याय-व्यवस्था पर कटाक्ष करते हुए वे कहते हैं—'निभाई दोस्ती मुंसिफ़ ने क़ातिल को रिहा करके/हमारी पीठ में उतरा हुआ ख़ंजर नहीं देखा।' प्रवीण ने आज के राजनीतिज्ञों पर भी कटाक्ष किए हैं। जो देश के कर्णधार हैं वे ही देश के संदर्भ में बहुत कम सोच रहे हैं—'मुल्क को बेचने का रहबर खुद/आजकल इंतज़ाम करते हैं।'...और सच तो यह है—'वतन को लूटकर अब खा रहे हैं/वो जिनकी कोई क़ुर्बानी नहीं है।' लेकिन ऐसे माहौल में भी कुछ लोग हैं जो कहते हैं—'सियासतदां की मक्कारी अलग है/मगर अपनी भी खुद्दारी अलग है।' आज के तथाकथित राजनीतिज्ञ समाज को बाँधने के बजाय उसे बाँटने में लगे हैं। कहीं जाति-पाति का भेद-भाव पैदा करके, कभी मज़हब के नाम पर दंगे कराके वोट प्राप्त करने का साधन ढूँढ़ते हैं। ऐसे में सियासत को बदलने की बात करते हुए प्रवीण कहते हैं—'बदलनी है तुझे इस दौर की सियासत तो/नसों

में जम चुके ख़ूं में उबाल पैदा कर।'

कवि ने अपनी ग़ज़लों में शहीदों को भी याद किया है और कहा है—'लिपटे आए हैं जो तिरंगे में/यह ग़ज़ल उनके नाम करते हैं।' ऐसे ही राष्ट्रप्रेमियों के बारे में कवि का कथन है—'ज़माना एक दिन पूजेगा हमको/अभी दुनिया हमें जानी नहीं है।'

आज के साहित्य की, विशेषकर कवि-सम्मेलनों के मंच की क्या दुर्गति हुई है उस पर भी कटाक्ष करते हुए प्रवीण ने कहा है—'चुटकुलों से भरे आज के दौर में/मंच से शायरी लापता हो गई।' ऐसा भी देखने में आया है कि कवि ऐसी कविताएँ लिख रहे हैं जो समाज को तोड़ने वाली हैं। ऐसे फ़नकारों पर टिप्पणी करते हुए वे कहते हैं—'दिल बाँट के लोगों के जो आग लगाता हो/होने को वो कुछ भी हो, फ़नकार नहीं होता।' कवि और शायर का काम तो लोगों के आँसू पोंछना है, भले ही वह स्वयं तकलीफ़ें सहे—'दर्द, आँसू, घुटन, कराहों बिन/शायरी, शायरी नहीं होती।'

कवि प्रवीण अपनी ग़ज़लों में घर-परिवार की भी बातें करते हैं। वे स्वयं घर को सबसे ज्यादा तरजीह देते हुए कहते हैं—'कभी-कभी की बात नहीं है, मेरे सँग अक्सर चलता है/घर से बाहर रहता हूँ तो, मेरे भीतर घर चलता है।' जब कि आज के समाज में जो निकटतम संबंध हैं उन पर भी आँच आने लगी है। आज परिवारों में बुज़ुर्गों की दशा अच्छी नहीं है। बच्चे पढ़ने-लिखने के बाद विदेश चले जाते हैं और वृद्ध माँ-बाप को उनके हाल पर छोड़ जाते हैं, इस बात से कवि प्रवीण शुक्ल क्षुब्ध हैं और वे माँ-बाप की अहमियत को समझते हुए कहते हैं—'बनके बादल बरस जाएँगी बिजलियाँ/गर बुज़ुर्गों की हम पर दुआ हो गई।' और यह सब पश्चिमी सभ्यता का प्रभाव है यह बताते हुए वे कहते हैं—'पश्चिम की सभ्यता की हवा इस क़दर चली/पूरब का गुलिस्तां हैं बियाबान आजकल।' आज आँगन बँट रहे हैं—'हो गए इक घर में दरवाज़े अलग/बढ़ रही इन नफ़रतों से जूझिए।' इसीलिए पश्चिमीकरण से जूझने के लिए कहते हैं—'कर न दें वीरान अपना गुलिस्तां/पश्चिमी इन आँधियों से जूझिए।' आज भी समाज में अनेक कुरीतियाँ और अंधविश्वास चल रहे हैं। नारी-विमर्श पर बात करते हुए दहेज़ आदि की कुरीति पर प्रवीण कहते हैं—'लेकर के सात फेरे वो ससुराल क्या गई/पिंजरे में उसकी फँस गई है जान आजकल।'

कवि दार्शनिक भी होता है। वह घटनाओं और चीज़ों के पीछे छुपे अस्तित्व के दर्शन करता है। प्रवीण में भी यह दर्शन-भाव है। जीवन के अस्तित्व पर नज़र रखते हुए वे कहते हैं—'जीवन तो है बहता पानी/जिसमें रहती सदा रवानी/मैं भी, तू भी,

ये भी, वो भी/सारी दुनिया आनी-जानी।' लेकिन इस ज़िन्दगी में बचपन और जवानी जैसे कई 'पन' भी आते हैं। इनमें सबसे उमंग और उत्कर्ष प्रदान करने वाले 'पन' पर वे अपने एक शे'र में ये टिप्पणी करते हैं–'जीवन का उत्कर्ष बताओ/सुनकर सबने कहा 'जवानी', प्रवीण शुक्ल की शायरी में जीवन-दर्शन, अध्यात्म और जीवन व्यवहारों की झाँकी भी मिलती है। जीवन की असलियत को बताते हुए वे कहते हैं–'इस पार तेरे जिस्म को चलना है क़दम चार/आख़िर में सफ़र रूह का उस पार उधर है।' अध्यात्म का मुजाहिरा भी करें–'मैं रहना चाहता था जिस्म की इस क़ैद में लेकिन/मुझे खुद क़ैद से मेरी छुड़ाकर ले गया कोई।' यहाँ यह 'कोई' शब्द बहुत ही व्यंजक है। यह परमात्मा के लिए भी है और अपने प्रिय के लिए भी। यह शे'र सूफ़ियाना अंदाज़ का शे'र है। अध्यात्म में त्याग की महत्व को सभी ने स्वीकार किया है। प्रवीण भी अपने एक शे'र में कहते हैं–'न जिनको तख़्त की चिंता, न ताज से मतलब/हम उन फ़क़ीरों के साये में जाके बैठ गये।'

जहाँ तक ग़ज़ल के शिल्प का प्रश्न है प्रवीण शुक्ल की ग़ज़लें उस कसौटी पर भी खरी उतरती हैं। ग़ज़ल में सबसे प्रमुख चीज़ होती है बह्र। प्रवीण ने ग़ज़ल की अनेक बह्रों का सही इस्तेमाल किया है। उदाहरण के लिए बहरे-हज़ज, जिसका सूत्र 'मफाईलुन, मफाईलुन, मफाईलुन, मफाईलुन है, का यह शे'र देखें–

फ़रेबों पर टिका तेरा हुनर बस चार दिन का है
बनाया है तो तूने काँचघर बस चार दिन का है

इसी प्रकार बह्रे-रमल जिसके अर्कान अर्थात सूत्र है–'फाइलातुन, फाइलातुन, फाइलुन', में भी कई ग़ज़लें कही हैं। एक उदाहरण देखें–'उनका मुझको सोचना अच्छा लगा/कनखियों से देखना अच्छा लगा।' प्रवीण शुक्ल ने अन्य बह्रों में भी ग़ज़लें कही हैं।

ग़ज़ल में उन्होंने कुछ उस्तादाना कमाल भी किए हैं। ग़ज़ल में सभी शे'र हुस्न-ए-मतला अर्थात सभी शे'र मतले ही हों, ऐसा करना किसी भी ग़ज़लकार के लिए बहुत कठिन होता है। किन्तु प्रवीण ने एक ऐसी ग़ज़ल कही है जिसमें सिर्फ़ मतले ही हैं। इस ग़ज़ल के दो शे'र देखें–'अपना काम निकलने पर/अब वो आता नहीं नज़र/भटके जा बेशक दर-दर/चैन मिलेगा घर आकर।'

प्रवीण शुक्ल ने अपनी ग़ज़लों में जहाँ रदाइफ़ का सुंदर और उपयुक्त प्रयोग किया है वहीं कुछ ग़ज़लें बिना रदीफ़ के अर्थात ग़ैरमुरद्दफ़ ग़ज़लें भी कही हैं। जिस ग़ज़ल में मतले ही मतले हैं और जिसका उदाहरण अभी दिया है वह खुद एक ग़ैरमुरद्दफ़ ग़ज़ल है। अनेक ग़ज़लों में जिन रदाइफ़ का इस्तेमाल हुआ है उनमें से प्रमुख ये हैं–'करते हैं, हो गई, आजकल, सब तुम्हारे लिए, को ही पूजेगा,

आदि। कवि ने कहीं पर सच्चे काफ़ियों का प्रयोग किया है जैसे—'ढब, गज़ब, सब, रब और तब आदि, तो कहीं-कहीं 'अलिफ' के काफ़ियों का प्रयोग भी किया है। जैसे एक ग़ज़ल में यह प्रयोग देखें जिसमें 'आ' स्वर का ही काफ़िया है—

किसके मन में कैसी है भावना समझते हैं
ज़िंदगी का हम यारो! फ़लसफ़ा समझते हैं
उनके पैर बढ़कर ख़ुद चूमने गई मंज़िल
अपनी ठोकरों से जो रास्ता समझते हैं

प्रवीण शुक्ल ने अपनी ग़ज़लों में अलंकारों, बिंबों और प्रतीकों का भी बहुत सुंदर प्रयोग किया है। जैसे एक शे'र में 'काँचघर' प्रतीक किसी भी चीज़ की क्षणभंगुरता का अर्थ तो देता ही है, साथ ही बिम्ब भी उपस्थित करके सार्थक कल्पनाशीलता का भी परिचय देता है—'फ़रेबों पर टिका तेरा हुनर बस चार दिन का है/बनाया है जो तूने काँचघर बस चार दिन का है।' प्रवीण ने आधुनिक उपमानों और उदाहरणों का प्रयोग करके भी अपने अनेक अशूआ'र को नई आभा प्रदान की है। उनका एक बहुत ही ख़ूबसूरत शे'र देखें—'कहना न कभी ज़िंदगी आराम का घर है/इक भीड़-भरी रेल में 'वेटिंग' का सफ़र है।'

ग़ज़ल में 'कहन' का भी बहुत महत्व होता है। प्रवीण ने एक ग़ज़ल में वह टुकड़े प्रयुक्त किए हैं कि शे'र के मेआ'र को वे ऊँचे दर्जे तक पहुँचा देते हैं—

कभी बदली, कभी बारिश, कभी झरना, कभी दरिया
कभी सागर दिखाते हैं, तुम्हारी आँख के आँसू

क्योंकि प्रवीण मूलतः व्यंग्यकार हैं इसलिए उनके अनेक अशूआर व्यंग्य के कौशल को भी अभिव्यक्त करते हैं। लोगों के फ़रेबी और दोहरे व्यक्तित्व पर टिप्पणी करते हुए वे कहते हैं—'जिसने किया उजाड़कर बर्बाद आशियाँ/वो ही बँधा रहा है अब हिम्मत, कमाल है!' व्यंग्य करने की जितनी भी पद्धतियाँ हैं उनमें बिडंबन (irony) सर्वोत्कृट माना जाता है। कवि ने एक शे'र में बिडम्बन का भी ख़ूबसूरती से प्रयोग किया है—'लड़खड़ाया मगर, मैं गिरा क्यों नहीं/दोस्तों की दुआओं को क्या हो गया।' यहाँ दुआओं शब्द में गहरा व्यंग्य है।

जैसा कि सभी का कहना है कि किसी भी शायर की शायरी का स्तर इस बात से पहचाना जाता है कि उसके शे'र अलग-अलग मौक़ों पर उद्धृत करने योग्य हैं कि नहीं। प्रवीण के बीसियों शे'र इस अंदाज़ के हैं जो हमारे दुख-सुख और आशा-निराशाओं के क्षणों में याद आएँ। इनमें कवि का अनुभव दिखाई देता है—

जो जीतनी है तुझे दुनिया अपने दम पे तो
तू अपने दम पे ही ख़ुद में कमाल पैदा कर

❑ ❑

जीवन के हर इक पल को जियो धूम-धाम से
मत बेवजह जियो किसी बीमार की तरह

❑ ❑

अमावस है अभी तो चाँद पूनम का भी चमकेगा
न यूँ घबरा अँधेरों का असर बस चार दिन का है

❑ ❑

बन सको तो लबों का तबस्सुम बनो
अश्क बनने-बनाने से क्या फ़ायदा

❑ ❑

जब तलक़ हममें प्यास रहती है
हममें जीने की आस रहती है

❑ ❑

लाख कर लेना दुश्मनी लेकिन
इक सुलह का भी रास्ता रखना

❑ ❑

चाहे दीपक हो, चाहे सूरज हो
बिन जले रौशनी नहीं होती

❑ ❑

डॉ. प्रवीण शुक्ल ग़ज़ल विधा को सबसे सुंदर विधा मानते हुए यह कहते हैं—'भले उर्दू में हैं कितनी विधाएँ/ग़ज़ल का कोई भी सानी नहीं है।' इस प्रकार अगर हम उनकी ग़ज़लों पर संक्षिप्त टिप्पणी करें तो यह कह सकते हैं कि प्रवीण की ग़ज़लें ग़ज़ल-विधा के सामान्य मानकों पर खरी उतरकर, एक ओर प्रेम के विभिन्न रंगों के इंद्रधनुष का जादू हैं तो दूसरी ओर समाज की विकृतियों को अपने अनुभव के दायरे में रखकर उनकी पारदर्शिता का अवलोकन भी है।...और केवल अवलोकन ही नहीं वरन उन विकृतियों को दूर करने का उपाय और संकल्प भी हैं। ये ग़ज़लें भाषा की सहजता और सरलता तथा प्रवाह के कारण पाठक और

श्रोता के हृदय में उतरती चली जाती हैं तथा उसे दिशा भी देती हैं। मनुष्य को सच्चा मनुष्य बनाने में ये ग़ज़लें एक सच्चा अवदान हैं। वे अपनी ग़ज़लों के लिए ईश्वर से प्रार्थना करते हैं–'तू मेरी शायरी में वो कमाल पैदा कर/बनी न अब तलक जो वो मिसाल पैदा कर।' और ईश्वर ने उनकी बात काफ़ी हद तक सुनी भी है। इसीलिए वे यह कह सके–

हर एक शे'र ही मेरा हुआ है जल्वागर
ये मेरी शायरी में उसका ही जमाल-सा है

–डॉ. कुँअर बेचैन

'ग़ज़ल' और 'मैं'

प्रवीण शुक्ल का ग़ज़ल संग्रह प्रकाशित हुआ है! यार, ये किसी विधा को छोड़ेगा या नहीं? ओह, जनाब अब ग़ज़ल भी कहने लगे? पता नहीं लोग एक ही विधा में लेखन क्यों नही करते? भला हास्यरस के कवियों का ग़ज़लों से क्या लेना-देना? अरे ये तो ग़ज़लकार भी हो गया? इसे ग़ज़ल लिखने की क्या ज़रूरत है? इस तरह के तमाम प्रश्नों और विस्मयादिबोधक वाक्यों की अगवानी में मेरा यह ग़ज़ल संग्रह आपको समर्पित है। हालाँकि मैं इस बात को भी अच्छी तरह जानता हूँ कि ये वाक्य उन लोगों के द्वारा बोले जायेंगे, जिन्होंने न तो इस संग्रह की ग़ज़लें पढ़ी हैं और न ही उनके पास किसी की रचनाओं को पढ़ने की इच्छा शक्ति है।

ये ऐसे तथाकथित आलोचक हैं जिन्होंने अपने मस्तिष्क को एक डिब्बे में बन्द कर लिया है और उससे बाहर आने के इच्छुक भी नहीं हैं। इन्होंने अपने पूर्ववर्ती और समकालीन रचनाकारों के विषय में जो पूर्वाग्रह बना लिये हैं उन्हीं के आधार पर दूसरों के काम को नकारना और खुद कुएँ का मेढक बने रहना ही इनकी नियति है। ये ऐसे तथाकथित साहित्य मर्मज्ञ हैं जो न तो हिन्दी साहित्य को जानते हैं और न उसके इतिहास को, लेकिन इसके बावजूद भी अपने आपको आचार्य रामचन्द्र शुक्ल से कम नहीं समझते।

अपने लेखन के पिछले, लगभग तीस-इकत्तीस वर्षों में (क्योंकि मैंने अपनी पहली कविता सन् 1984 में लिखी थी और इस समय सन् 2015 चल रहा है, तो लगभग तीस-इकत्तीस वर्ष ही हुए) मुझे अनेक खट्टे-मीठे अनुभवों का सामना करना पड़ा है। मैंने लेखन के क्षेत्र में जहाँ एक ओर ऐसे भी लोग देखे, जिन्हें देखकर लगता है कि भगवान ने इन्सान के रूप में फ़रिश्ते धरती पर उतार दिए हैं, वहीं दूसरी ओर ऐसे अनेक छिद्रान्वेषी भी देखे जो स्वयं तो लेखन से विमुख हो ही चुके हैं, अब यदि कोई दूसरा रचनाकार सृजनरत है तो उसकी आलोचना या दूसरे शब्दों में उसकी टाँग खिंचाई को ही अपनी सृजनशीलता समझे हुए हैं। मैं अपनी ग़ज़लों की बात करने से पूर्व इन छिद्रान्वेषीयों के मन में उठने वाले प्रश्नों (हालाँकि मैं जानता हूँ कि मेरे शंका-समाधान के बावजूद इनकी प्रवृति पर

कोई प्रभाव पड़ने वाला नहीं है) पर कुछ बात करना चाहता हूँ–

मेरा मानना है कि किसी भी रचनाकार के भीतर उसकी संवेदनशीलता और उसकी सृजनात्मक शक्ति के अनुसार विभिन्न विचार करवट बदलते रहते हैं। साहित्य की विभिन्न विधाएँ, चाहें गद्य के रूप में हों या पद्य के रूप में, उन विचारों को अलग-अलग तरह से प्रस्तुत करने के साँचे हैं। आप एक विचार को जिस सलीक़े के साथ एक विधा में कह सकते हैं, उतने सलीक़े के साथ दूसरी विधा में नहीं कह सकते। क्योंकि आप जो कहना चाहते हैं, उस विचार के मिज़ाज और कहन के अनुसार ही आपको उसके साँचे का चुनाव करना पड़ेगा। यहाँ साँचे से मेरा अभिप्रायः साहित्य की विभिन्न विधाओं के भिन्न-भिन्न रूपों से है। जिन्हें आप उपन्यास, कहानी, नाटक, लघुकथा, व्यंग्य-निबंध, गीत, ग़ज़ल, छन्द, सवैया, मुक्तक, दोहा, छन्दबद्ध, छन्दमुक्त, प्रगतिशील, प्रयोगवादी और नयी कविता आदि कुछ भी नाम दे सकते हैं। अपनी बात को और स्पष्ट करने के लिए अब आगे साँचे के स्थान पर 'फॉर्म' शब्द का प्रयोग करूँगा। यथा–आप जिस विचार को दोहे में बाँध सकते हैं उसके लिए 'गीत' और जिस विचार को 'गीत' के 'फार्म' में प्रस्तुत कर सकते हैं उसके लिए किसी अन्य विधा का प्रयोग नहीं कर सकते। जिस विचार को छन्दमुक्त कविता के रूप में प्रस्तुत कर सकते हैं, उसके लिए ग़ज़ल के साँचे का प्रयोग नहीं कर सकते। यदि किसी रचनाकार के भीतर कोई ऐसा कहन करवट बदल रहा है, जिसे वह केवल दोहे के रूप में ही प्रस्तुत कर सकता है तो इसके लिए उसे दोहा ही लिखना पड़ेगा। मेरी समझ में आज तक नहीं आया कि यदि किसी रचनाकार के पास इस प्रकार का 'कहन' आ रहा है और वह अपनी सिद्ध विधा से हटकर पहली बार सफलतापूर्वक एक श्रेष्ठ दोहा लिख रहा है तो इसमें क्या बुराई है? इस सन्दर्भ में मेरा कहना सिर्फ़ यह है कि हमारे कुछ रचनाकारों ने विभिन्न विधाओं पर कब्ज़ा करके, दूसरी अन्य विधाओं का मखौल उड़ाने का जो कार्य शुरू किया है उसका पुरज़ोर खण्डन होना चाहिए, क्योंकि कुछ तथाकथित साहित्यक ठेकेदार हिन्दी साहित्य और उसकी विभिन्न विधाओं के नीति-निर्धारक नहीं हो सकते। मेरा स्पष्ट मानना है कि कोई रचनाकार तो किसी विधा विशेष का हो सकता है, लेकिन कोई भी विधा किसी रचनाकार विशेष की बपौती नहीं है।

कुछ तथाकथित आलोचकों ने रचनाकारों को विभिन्न विधाओं के साथ जोड़कर उनकी एक ऐसी 'इमेज' बना दी है जिसे वह न तो स्वयं तोड़ना चाहते हैं और न ही उस रचनाकार को तोड़ने का अवसर देना चाहते हैं। यदि किसी विधा विशेष में लोकप्रिय कोई रचनाकार किसी अन्य विधा में रचना करता है,

तो जिस नयी विधा में वह प्रवेश करने जा रहा है, उस पर कब्ज़ा जमाए लोग चिल्ल-पौं करते हुए शोर मचाने लगते हैं—ये क्या हो रहा है? ये क्यों हो रहा है? आदि-आदि। ग़ज़ल के नाम पर दुष्यंत की बात करने वाले अनेक रचनाकार ऐसे हैं जो न तो पूरी तरह से ग़ज़ल को जानते हैं और न ही दुष्यंत कुमार को। दुष्यंत कुमार स्वयं एक बहुआयामी प्रतिभा के रचनाकार थे। उन्होंने साहित्य की विभिन्न विधाओं में सृजन किया। उनकी पहली पुस्तक का नाम 'सूर्य का स्वागत' है जो नई कविता के संदर्भ में विभिन्न भ्रांतियों का निराकरण करती है। उनका दूसरा काव्य-संग्रह 'आवाज़ों के घेरे' है। दुष्यंत कुमार ने 'एक कंठ विषपायी' जैसा काव्य-नाटक भी लिखा। जो 'अंधा युग' के बाद का अपने दौर का महत्वपूर्ण नाटक था और उसका सैंकड़ों स्थानों पर मंचन किया गया। उसके बाद उन्होंने 'जलते हुए वन का बसन्त' नामक काव्य-संग्रह लिखा और फिर उनका ग़ज़ल संग्रह 'साये में धूप' प्रकाशित हुआ। नई कविता, गीत, नाटक और फिर ग़ज़ल। यदि एक साथ भिन्न-भिन्न विधाओं में लिखना अपराध है तो सबसे पहले तो इन तथाकथित आलोचकों को दुष्यंत कुमार को ही कटघरे में खड़ा करना चाहिए—'हे दुष्यंत कुमार, जब तुमने अतुकान्त कविताएँ लिख दी थीं तो फिर छंद में रचनाएँ क्यों लिखीं? यदि गीत लिख दिये थे तो फिर काव्य-नाटक क्यों लिखा? यदि काव्य-नाटक लिख दिया था तो फिर ग़ज़लें क्यों कहीं आदि-आदि?'

इस विषय में मेरा यह स्पष्ट मानना है कि कुछ रचनाकार ऐसे हो सकते हैं जिन्हें, अपने 'कहन' को एक 'फॉर्म' विशेष में प्रस्तुत करने में सिद्धि प्राप्त हो गयी हो और वे अपने 'कहन' को किसी दूसरी विधा में प्रस्तुत करने की इच्छा भी न रखते हों। इससे वे किसी भी दृष्टि से छोटे नहीं हो जाते। प्रारम्भ से लेकर आज तक अनेक रचनाकारों की एक विस्तृत शृंखला है जिन्होंने अपने 'कहन' को एक ही विधा में प्रस्तुत किया है और ऐसा करके प्रसिद्धि भी हासिल की है और प्रतिष्ठा भी। लेकिन कुछ रचनाकार ऐसे भी हुए हैं, जिन पर माँ शारदे ने अपने आशीषों की ऐसी झड़ी लगाई कि वे अपने 'कहन' को साहित्य की विभिन्न विधाओं में, उनके मिजाज के अनुसार प्रस्तुत करने में पूरी तरह सफल रहे। इस सन्दर्भ में महाप्राण सूर्यकान्त त्रिपाठी निराला का उदाहरण सर्वाधिक उचित है। निराला जी ने जहाँ एक ओर घोर संस्कृतनिष्ठ शब्दावली का प्रयोग करते हुए 'राम की शक्तिपूजा' जैसी कविता की रचना कर डाली तो वहीं दूसरी ओर 'जूही की कली' जैसी सहज और छंदमुक्त कविता की रचना भी की। उन्होंने 'बिल्लेसुर बकरिहा' के रूप में लघु गद्य उपन्यास भी लिखा और 'कुकुरमुत्ता' जैसी सहज

हास्यबोध की कविता भी। जहाँ एक ओर 'सरोज स्मृति' के रूप में सदी का सर्वश्रेष्ठ 'शोक-गीत' लिखा वहीं पंडित जवाहरलाल नेहरू जी को समर्पित कविता...'न आए वीर जवाहरलाल' में ग़ज़ल के फॉर्म को भी अपनाया। गुरुवर रविन्द्रनाथ टैगोर ने एक साथ विभिन्न विधाओं को जिस प्रकार साधा वह अविस्मरणीय भी है और अनुकरणीय भी। उनके द्वारा संगीतबद्ध की गयीं रचनायें आज भी पूरी दुनिया में रविन्द्र संगीत के नाम से लोकप्रिय है। उन्होंने 'काबुलीवाला' जैसा गद्य लिखा तो 'गीतांजलि' के रूप में सदी की वो श्रेष्ठ कविताएँ लिखी जिन्हें साहित्य के 'नोबल पुरस्कार' से सम्मानित किया गया। गुरुदेव ने जहाँ एक ओर साहित्य की विभिन्न विधाओं में मानदण्ड स्थापित किये वहीं दूसरी ओर संगीत, चित्रकला और शिक्षा के क्षेत्र में भी अप्रतिम कार्य किया। भारतेन्दु हरिश्चंद्र से लेकर जयशंकर प्रसाद और प्रसाद जी से लेकर अब तक के रचनाकारों में ऐसे अनेक उदाहरण मिल जाएँगे जिन्होंने साहित्य की विभिन्न विधाओं को बहुत सफलतापूर्वक साधा है।

सर्वश्री अल्हड़ बीकानेरी, डॉ. कुँअर बैचेन, माणिक वर्मा, डॉ. अशोक चक्रधर, सुरेन्द्र शर्मा और प्रदीप चौबे जी के रूप में अनेक उदाहरण हमारे सम्मुख हैं जिन्होंने विभिन्न विधाओं में बहुत ही महत्त्वपूर्ण कार्य किए हैं। अल्हड़ बीकानेरी जी एक समय पर 'माहिर बीकानेरी' के नाम से ग़ज़लों की दुनिया के एक स्थापित शायर थे। आज वे देश के सर्वश्रेष्ठ हास्य कवि के रूप में भी स्थापित हैं। उनके जैसी नज़्म कहने वाले देश में शायद दो-चार नाम ही और होंगे। डॉ. कुँअर बैचेन जी की पहचान पूरे भारतवर्ष में एक नवगीतकार के रूप में बननी प्रारम्भ हुई लेकिन वे उसी समय पर अपने नवगीतों के साथ-साथ नयी कविता के विभिन्न प्रयोगवादी तेवरों को अपनाते हुए श्रेष्ठ अतुकान्त कविताओं का भी सृजन कर रहे थे। डॉ. अशोक चक्रधर के साहित्य के इन्द्रधनुषी रंगों का तो कहना ही क्या है, उन्होंने अपने 'कहन' को प्रस्तुत करने के लिए साहित्य की विभिन्न विधाओं में बहुत ही सफलतापूर्वक प्रयोग किए हैं। हास्य कवि सुरेन्द्र शर्मा जी ने 'दैनिक भास्कर' में प्रकाशित अपने विचार-व्यंग्य के लेखों से जो प्रतिष्ठा प्राप्त की वह अनेक तथाकथित बुद्धिजीवियों के लिए आज भी आश्चर्य का विषय है। प्रसिद्ध हास्य कवि प्रदीप चौबे जी की ग़ज़लों के प्रति दीवानगी को कौन नहीं जानता? मेरा कहना सिर्फ़ इतना है कि जब हम किसी रचनाकार की रचना को पढ़ें तो उस रचनाकार विशेष की बजाय, उस समय पढ़ी जाने वाली रचना को अधिक महत्त्वपूर्ण माना जाना चाहिए। ग़लती यह है कि हम रचना को बाद में पढ़ते हैं और रचनाकार के नाम को पहले। इससे भी ख़राब बात यह है कि हमारे अधिकांश

रचनाकार मित्रों ने विभिन्न रचनाकारों के संदर्भ में अपने ज़ेहन में पूर्वाग्रह बना रखे हैं और वे उनसे बाहर आने के लिए भी तैयार नहीं हैं। मैं उन सभी से विनम्रतापूर्वक निवेदन करना चाहता हूँ, यह निवेदन मात्र इस पुस्तक के संदर्भ में नहीं है वरन् किसी भी रचनाकार की, किसी भी विधा से सम्बंधित पुस्तक के संदर्भ में है कि आप जिस भी रचनाकार और उसकी रचना के संदर्भ में अपनी राय क़ायम करना चाहते हैं पहले उसकी रचना को पूरी तरह से आत्मसात् करें फिर उसके बारे में अपनी राय क़ायम करें। मुझे नहीं पता कि मेरे इस निवेदन को कितनी गम्भीरता से लिया जायेगा, फिर भी मुझे जो उचित लगा वो मैंने कहा।

चलिए, अब इस पुस्तक और अपनी ग़ज़लों के बारे में बात करता हूँ। मैं अपनी पिछली पुस्तकों में भी इस बात का ज़िक्र कर चुका हूँ कि मंच पर कविता-पाठ की शुरूआत करने से पूर्व मैं अनेक काव्य-समारोहों में श्रोता के रूप में उपस्थित रहता था। वहाँ पर सुनी गयी कविताओं को दोहराने और फिर उन जैसा लिखने की प्रक्रिया में मैंने अनेक कविताओं का सृजन किया। इसी प्रक्रिया में कुछ ग़ज़लनुमा रचनाओं का भी लेखन किया। मुझे याद है कि मैंने 'इण्डियन ऑयल' द्वारा आयोजित कवि-सम्मेलन में प्रसिद्ध ग़ज़लकार विजय किशोर 'मानव' जी की एक ग़ज़ल सुनी थी, जिसके चन्द अश्आर मुझे आज भी याद हैं–

आना देखा, जाना देखा
एक मुसाफ़िर ख़ाना देखा
हर झुग्गी में मिले सिपाही
डयूटी करता थाना देखा
जब-जब मारे क्रौंच किसी ने
बाल्मीकि का गाना देखा

'मानव' जी जितना बढ़िया लिखते हैं उसे उतने ही सुन्दर अंदाज में प्रस्तुत भी करते हैं। मैंने उनकी धुन गुनगुनाई और उसी के आधार पर चन्द शे'र कह डाले या सही अर्थों में कहा जाये कि कुछ पंक्तियाँ कह डालीं। क्योंकि उस समय तक मुझे शे'र और ग़ज़लों के लिए आवश्यक व्याकरणिक जानकारियाँ भी न के बराबर थीं। यह 1987 या 1988 के आसपास की बात है। यदि आप सन पर ग़ौर करेंगे तो अब से लगभग अठाईस-उनत्तीस वर्ष पूर्व। कालान्तर में दस-बारह वर्षों के दौरान इसी प्रकार की अन्य लगभग बीस-पच्चीस रचनाएँ लिख डालीं। मैं न तो किसी को बताता था कि मैं ग़ज़ल लिख रहा हूँ और न ही किसी से अपनी रचना में संशोधन करवाता था। कुछ समय पश्चात लोकप्रिय ग़ज़लकार

भाई श्री दीक्षित दनकौरी जी मेरे पिता श्री ब्रज शुक्ल घायल जी के सम्पर्क में आये। पिता जी के माध्यम से उनसे परिचय हुआ। उनका निवास मेरे घर के बहुत नज़दीक था। उनके यहाँ आना-जाना शुरू हुआ और सम्बंध धीरे-धीरे नज़दीकी पारिवारिक रिश्ते जैसे हो गये। उनके यहाँ ग़ज़लों को लेकर विभिन्न रचनाकारों का जमावड़ा और उनकी बहसें लगातार चलती रहती थीं। मैं प्रायः अधिकांश बहसों और विभिन्न विचार-विमर्शों का मूक श्रोता होता था। कभी-कभी जहाँ आवश्यक लगता था वहाँ कथ्य आदि के संदर्भ में अपने सुझाव भी दे देता था। इन विभिन्न वाद-विवादों में होने वाली चर्चांओं ने मेरे भीतर ग़ज़ल के प्रति रुचि जाग्रत करनी शुरू कर दी। मैं बिना किसी के सिखाये ही उन वार्ताओं के श्रोता के रूप में ग़ज़लों के संदर्भ में बेसिक जानकारी से परिचित होने लगा। रदीफ़ क्या है? काफ़िया किस प्रकार ग़लत हो जाता है? बह्र से ख़ारिज होना क्या होता है? ग़ज़ल में मात्रा गिराने (इल्लत गिराने) से क्या अभिप्राय है। ग़ज़ल की आत्मा और उसके वाह्य और आन्तरिक स्वरूप से मेरा यहीं परिचय हुआ। उस समय पर दीक्षित जी के निवास पर ही श्री रमेश तन्हा साहब, श्री मंगल नसीम जी, श्री विज्ञान व्रत जैसे बड़े ग़ज़लकारों से भी परिचय हुआ।

कोई भी लेखक जब लेखन के क्षेत्र में सक्रिय होता है तो उसे अनेक रचनाकार मिलते हैं। लेकिन वे सौभाग्यशाली होते हैं जिन्हें सही समय पर सही दिशा देने वाला मार्गदर्शक मिल जाए। मुझे लगता है कि मैं उन सौभाग्यशाली रचनाकारों में से एक हूँ। क्योंकि यदि मुझे सही समय पर अनगिन ग़ज़लकारों के प्रेरणा-पुञ्ज एवं आदर्श शायर श्री मंगल नसीम जी न मिलते तो शायद ग़ज़लों के क्षेत्र में मेरा पदार्पण इस रूप में न हुआ होता। उन्होंने प्रारम्भ से ही मुझे जिस तरह से अपना स्नेह प्रदान किया उसके परिणामस्वरूप मेरे मुख से अचानक उनके लिए 'भाई-साहब' सम्बोधन निकल पड़ा। आज भी मैं उन्हें इसी सम्बोधन से सम्बोधित करता हूँ लेकिन सच बात तो यह है कि वह मेरे संरक्षक भी हैं, दिशा-निर्देशक भी और मुझे ग़ज़ल की बारीकियाँ सिखाने वाले मेरे गुरु भी। यह मेरा सौभाग्य है कि मुझे हर समय उनकी आशीष-छाया प्राप्त होती है।

फिर एक और मज़ेदार घटना घटित होनी शुरू हुई। हुआ यह कि जब मैं अपने किसी मित्र से यह कहता था कि मैंने अभी पिछले दिनों एक ताज़ा ग़ज़ल कही है, ज़रा सुनियेगा, मैंने महसूस किया कि वह इतना सुनते ही, मेरे शे'र सुनाने से पहले ही, मेरी आलोचना करने के लिए तैयार होकर बैठ जाता था—"इसमें क्या खास बात है? ऐसा तो पहले भी कहा जा चुका है...इस ग़ज़ल में ऐसा कुछ खास नहीं है।" क्योंकि उसके ज़ेह्न में मेरी हास्य-व्यंग्य कवि की

छवि और मेरे व्यक्तित्व और कृतित्व के बारे में बनाया गया एक पूर्व निश्चित ख़ाका रहता था। फिर मैं अपनी उन्हीं ग़ज़लों को अपने उन्हीं मित्रों को, किसी दूसरे बड़े शायर का नाम लेकर सुनाने लगा। जैसे अभी पिछले दिनों मैंने फलां शायर को सुना, उन्होंने जो लाजवाब शे'र सुनाये उनमें से दो शे'र मुझे आज भी याद हैं, जरा सुनिये...जब मैंने अपने उन्हीं शे'रों को अपने मित्रों को किसी दूसरे लोकप्रिय और प्रतिष्ठित शायर के नाम से सुनाया तो लोग चौंकने लगे कि यार कमाल का शे'र है, फलां आदमी तो कमाल का ही लिखता है, ये शे'र तो उनके अलावा कोई दूसरा कह ही नहीं सकता। मुझे दूसरों के नाम से ही सही, लेकिन अपनी प्रशंसा सुनकर मन ही मन प्रोत्साहन मिलने लगा और मैं निरंतर ग़ज़लें कहने लगा? मैं अक्सर सोचता था कि शे'र तो वो ही था, जब मैंने उसे अपने नाम से सुनाया तो वो कमज़ोर कैसे हो गया? जब दूसरे किसी बड़े शायर के नाम से सुनाया तो लाजवाब कैसे हो गया? मुझे आज भी यह लगता है कि इस मानसिकता में परिवर्तन होना चाहिए। हमें शायरी को सुनना चाहिए, न कि शायर को। किसी गुमनाम शायर की शायरी भी महत्वपूर्ण हो सकती है और किसी नामचीन की सामान्य भी। मेरे भीतर पनपने वाले इसी विचार के कारण आज भी मुझे केवल शायरी ही प्रभावित करती है, शायर नहीं।

हास्य-व्यंग्य की कविताओं के साथ-साथ शायरी के रूप में भी शब्द की यात्रा चुपचाप चल रही थी। इसी बीच हास्य के लोकप्रिय कवि श्री अल्हड़ बीकानेरी जी, जो पहले मोतीबाग में रहते थे उनका निवास दिल्ली की मयूर विहार कालोनी में स्थानांतरित हो गया। यह स्थान मेरे घर के काफी नज़दीक था। जिसके कारण अल्हड़ जी के साथ मुलाक़ात और साहित्यिक चर्चाओं का दौर चल पड़ा। वह ग़ज़लों के एक सिद्धहस्त शायर थे और किसी की भी रचना की ख़ामियों और ख़ूबियों के बारे में बात करने के लिए हमेशा उत्साहित रहते थे। कभी वह मुझे अपने निवास स्थान पर बुला लेते थे और कभी मैं स्वयं फोन करके पहुँच जाता था। वह अपनी रचनाएँ भी सुनाते थे और मेरी भी सुनते थे तथा अन्य रचनाकारों की कविताओं के संदर्भ में भी चर्चा करते थे। उनका कहना था कि लेखन के क्षेत्र में कोई भी पूर्ण नहीं हो सकता। यह निरन्तर सीखने और सुधारने की प्रक्रिया है। उन्होंने इन वार्ताओं के दौरान ग़ज़ल, गीत, घनाक्षरी, मुक्तक आदि के छन्दविधान की बारीकियों से मेरा भरपूर परिचय करवाया। उनका इस दुनिया से असमय चले जाना हमारे साहित्य के लिए एक अपूर्णनीय क्षति है। उनके सान्निध्य में बिताये गये पल हमेशा मेरी ज़िन्दगी की अमूल्य निधि रहेंगे।

मेरी लेखन यात्रा के दौरान गुरुवर डॉ. कुँअर बेचैन जी का आशीर्वाद और

सुझाव हमेशा मेरा संबल बने हैं। मैंने उनसे विधिवत शिक्षा भी प्राप्त की है और उनके निर्देशन में पी.एच.डी. उपाधि भी प्राप्त की है। उन्हें गुरू के रूप में पाकर कोई भी शिष्य अपने जीवन को धन्य समझ सकता है। मेरा सौभाग्य है कि मुझे हमेशा ही उनकी आशीष छाया प्राप्त होती है। उनका हृदय देखकर लगता है कि इंसान के रूप में देवता के दर्शन हो रहे हैं। उनके अमूल्य सुझाव समय-समय पर मेरी ज़िन्दगी और मेरी रचनाओं की आधारशिला बने हैं। इस संग्रह की भूमिका लिखकर उन्होंने मुझे पुनः कृतार्थ किया है। मैं अपने हृदय की समस्त भावनाओं के साथ उनके श्रीचरणों में अपने प्रणाम निवेदित करता हूँ।

मैंने पिछले पच्चीस सालों में जो भी ग़ज़लें कहीं हैं वह इस पुस्तक के रूप में आपके सम्मुख प्रस्तुत हैं। इन रचनाओं के बारे में एक बात और आपसे बाँटना चाहता हूँ कि मैंने इन ग़ज़लों को केवल अपने हृदय की आवाज़ पर लिखा है। जब-जब भी मुझे लगा कि मेरे भीतर कोई विचार घुमड़ रहा है और उसे केवल ग़ज़ल के फार्म में ही प्रस्तुत किया जा सकता है, तब-तब इन रचनाओं का जन्म हुआ है। इस पुस्तक में मेरी वह रचनाएँ संकलित हैं जो अनायास लिखी गई हैं, सायास नहीं। इन्हें गम्भीरतापूर्वक पढ़ें और इनके बारे में अपनी राय से मुझे अवगत कराने की कृपा करें।

अन्त में सबसे अधिक श्रद्धावनत हूँ माँ शारदे के प्रति, जिन्होंने मुझ अकिंचन पर हमेशा ही अपनी अपार कृपा की है। उनकी कृपा के बिना एक साथ इतनी विधाओं में लेखन किया जाना सम्भव ही नहीं है। अपने उन सभी अग्रजों, साथियों और शुभचिंतकों के प्रति आभारी हूँ जिनका आशीर्वाद, सहयोग और संबल मुझे निरन्तर लिखने के लिए प्रेरित करता है। आखिर में केवल यह कहना चाहता हूँ कि इस पुस्तक की ग़ज़लें मेरी ज़िन्दगी के अनुभवों का अनुवाद हैं। इसी पुस्तक का एक शे'र निवेदित करते हुए अपनी बात का समापन करता हूँ—

आइने को जो दिखा सच कह दिया
साफ़ कहता आइना अच्छा लगा

— डॉ. प्रवीण शुक्ल

क्या करेगी घटा, क्या करेगी हवा
बन्द जब ज़ेह्न की खिड़कियाँ हो गयीं

जीनी है ज़िन्दगी तो जियो प्यार की तरह
क्यूँ जी रहे हो तुम इसे तकरार की तरह

बनना है गर महकते हुए फूल ही बनो
पाँवों में मत चुभो किसी के, ख़ार की तरह

मिलना है मुझसे गर तो खुले ज़ेहून से मिलो
मिलना नहीं है अब मुझे हर बार की तरह

गर चाहते हो तुमको मिलें कामयाबियाँ
चलना पड़ेगा वक़्त की रफ़्तार की तरह

जीवन के हर लम्हे को जियो धूमधाम से
बेवजूह मत जियो किसी बीमार की तरह

जिस घर ने पाल-पोस के तुमको बड़ा किया
आँगन को उसके बाँटो न दीवार की तरह

दोज़ख़ में भी दो गज़ ज़मीं उनको न मिलेगी
माँ-बाप जिन्हें लगने लगें भार की तरह

कभी-कभी की बात नहीं है मेरे सँग अक्सर चलता है
घर से बाहर रहता हूँ तो मेरे भीतर घर चलता है

बीवी-बच्चों को सँग लेकर जब-जब भी बाज़ार गया, तब
करके याद धमाके मेरे भीतर-भीतर डर चलता है

जब भी तन्हाई में मेरे सँग उसकी यादें रहती हैं
चाँद-सितारे आगे-पीछे, क़दमों में अम्बर चलता है

मानवता के लिए जिये जो गाँधी, गौतम, ईसा बनकर
उनके संदेशों के पीछे इक पूरा लश्कर चलता है

दौलत-शोहरत एक तरफ़ रख, जिसने यहाँ फ़क़ीरी जी ली
ऐसा फक्कड़, मस्त-क़लंदर कब किससे डरकर चलता है

अगर अदब में काम करोगे तुमको सदियाँ याद रखेंगी
बेअदबी से सात पीढ़ियों तक कब किसका ज़र चलता है

मेरे मुँह पर जिसने मेरी तारीफ़ों के पुल बाँधे हैं
ज़रा पीठ फिरते ही उसका पीछे से ख़ंजर चलता है

दौलत और ताक़त के दम पर ख़ुद को ख़ुदा समझ बैठे जो
भूल गये वो, ज़र्रा-ज़र्रा 'उसकी' मर्ज़ी पर चलता है

छोड़कर जा रहा हूँ मैं घर किसलिए
है मेरा ये मुसल्सल सफ़र किसलिए

तुम ही दिखते नहीं जब मुझे दूर तक
उठ रही है मेरी ये नज़र किसलिए

सिर्फ़ नेकी तेरी तेरे सँग जायेगी
जोड़ता फिर रहा है तू ज़र किसलिए

जबकि हर पल ही अब वो मेरे साथ है
मुझको हो फिर ज़माने का डर किसलिए

हो न हो इसमें है तेरी खुशबू बसी
वरना महका है मेरा ये घर किसलिए

ख़ूबियाँ देवता की थी इसमें सभी
फिर ये इन्सां बना जानवर किसलिए

जिन परिंदों की क़िस्मत में पिंजरा लिखा
तूने उनको दिये थे ये पर किसलिए

वो कैसी साँस जिसमें आस की ख़ुशबू नहीं होती
भरोसे बिन कभी विश्वास की ख़ुशबू नहीं होती

ये दुनिया है कि जिसमें हर तरह के लोग मिलते हैं
हर इक इंसान में एहसास की ख़ुशबू नहीं होती

धरा की गोद में बहती हुई नदियों का जल पीकर
मरुस्थल ने कहा है प्यास की ख़ुशबू नहीं होती

जिधर राधा-किशन पहुँचे सभी खिंचकर उधर पहुँचे
कहा किसने कि उनके रास की ख़ुशबू नहीं होती

ग़रीबी ख़ुद कहानी अपनी अपने आप कहती है
कभी, पीड़ा, घुटन, संत्रास की ख़ुशबू नहीं होती

हँसी ने द्रोपदी की, रण महाभारत का करवाया
वो समझी ही नहीं उपहास की खुशबू नहीं होती

हो दिल में ग़म तो चेहरे पर उदासी साफ़ दिखती है
पड़ी हो लाश तो उल्लास की खुशबू नहीं होती

फ़रेबों पर टिका तेरा हुनर बस चार दिन का है
बनाया है जो तूने काँचघर बस चार दिन का है

अमावस है अभी तो चाँद पूनम का भी चमकेगा
न यूँ घबरा अँधेरों का असर बस चार दिन का है

हज़ारों मील लम्बे रास्ते मुझसे ये कहते हैं
ज़रा चल तो सही तेरा सफ़र बस चार दिन का है

कभी दौलत, कभी ताक़त के दम पर जो सताते हैं
बता दो ये उन्हें इनका असर बस चार दिन का है

न तेरा है, न मेरा है, न इसका है, न उसका है
कि इस दुनिया में हम सबका बसर बस चार दिन का है

उठाई खोखली बुनियाद पर क्यूँ ऊँची दीवारें
बनाया ख़ूब तूने घर मगर बस चार दिन का है

इस ज़माने में हम-से नहीं हैं
जिनके चेहरे पे चेहरे नहीं हैं

जो है दिल में वो कहते नहीं हैं
लोग अब मन के सच्चे नहीं हैं

कर सितमगर सितम और मुझपर
ज़ख़्म वो क्या जो गहरे नहीं हैं

जिनकी कथनी भी हो करनी जैसी
लोग अब ऐसे मिलते नहीं हैं

वो मुसाफ़िर ही मंज़िल पे पहुँचे
रास्ते में जो ठहरे नहीं हैं

मेरी ग़ज़लें हैं फूलों की ख़ुशबू
लफ़्ज़ यूँ ही महकते नहीं हैं

ख़ामियाँ हममें भी हैं यक़ीनन
आदमी हैं फ़रिश्ते नहीं हैं

उनको तहज़ीब आयेगी कैसे
जो बुज़ुर्गों में बैठे नहीं हैं

पेड़ वे ही गिरे हैं हमेशा
आँधियों में जो लरज़े नहीं हैं

उनका मुझको सोचना अच्छा लगा
कनखियों से देखना अच्छा लगा

बाईबिल, क़ुरआन, गीता की तरह
प्रेम के ख़त बाँचना अच्छा लगा

आइने को जो दिखा, सच कह दिया
साफ़ कहता आइना अच्छा लगा

हर अँधेरी रात से लड़ते हुए
जुगनुओं का हौसला अच्छा लगा

जिसकी फ़ितरत बेवफ़ाई ही रही
जब मिली उससे वफ़ा, अच्छा लगा

है ज़माने भर को मुझसे दुश्मनी
उसको मुझमें जाने क्या अच्छा लगा

हो रहे हैं घर अलग
घर के सारे दर अलग

मौत का डर है तो है
ज़िन्दगी के डर अलग

मुख़्तलिफ़ पहचान को
काम कुछ तो कर अलग

चाहता हूँ सोच लें
मुझको वो पलभर अलग

उनको ही शोहरत मिली
जिनके थे तेवर अलग

सारी दुनिया इक तरफ़
शायरी के घर अलग

रह नहीं सकता है अब
मुझसे वो पल भर अलग

तन के ज़ेवर और हैं
मन के हैं ज़ेवर अलग

इस दौर में भी उसकी शराफ़त कमाल है
अपने बड़ों की करता है इज़्ज़त, कमाल है

वो गर्दिशों में घिरके भी हँसता है मुसल्सल
उस शख़्स के यक़ीन की ताक़त कमाल है

जिसने किया उजाड़ कर बरबाद आशियाँ
वो ही बँधा रहा है अब हिम्मत, कमाल है

वो कर रहा है ग़लतियाँ, मैं कर रहा मुआफ़
दोनों की अपनी-अपनी ये फ़ितरत कमाल है

जिसने बिछुड़ते वक़्त कहा याद आओगे
अर्से से उसका आया नहीं ख़त, कमाल है

जिसने नहीं जिया कोई किरदार आज तक
मुझ पर लगा रहा है वो तोह्मत, कमाल है

मुँह फेरते ही तंज़ जो करता है बार-बार
मिलते ही चाहता है मुहब्बत, कमाल है

जीवन तो है बहता पानी
जिसमें रहती सदा रवानी

हम सब हैं उसकी कठपुतली
बस इतनी-सी रामकहानी

मैं भी, तू भी, ये भी, वो भी
सारी दुनिया आनी-जानी

कैसे जी-जीकर मरता है
देखो, निर्धन की पेशानी

दुखड़े पहले ही क्या कम थे
उस पर बिटिया हुई सयानी

जीवन का उत्कर्ष बताओ
सुनकर सबने कहा—जवानी

भाप, बर्फ़ कुछ भी बन जाये
पानी आख़िर है तो पानी

अपना काम निकलने पर
अब वो आता नहीं नज़र

भटके जा बेशक दर-दर
चैन मिलेगा घर आकर

मत इतरा इन पंखों पर
हिम्मत से नपता अम्बर

अब हम रहें कहाँ जाकर
घर भी डर, बाहर भी डर

पछतायेगा जीवन भर
प्यार, वफ़ा का ज़िक्र न कर

करता था जो अगर-मगर
बैठा है वो अपने घर

समझा था जिसको पत्थर
निकला वो आँसू का घर

आप जिनको सलाम करते हैं
काम उनका तमाम करते हैं

चैन मुफ़्लिस का लूटने वाले
बन्दगी सुब्हो-शाम करते हैं

जिनमें जज़्बा हो जां-निसारी का
देश का वो ही नाम करते हैं

हम मुख़ातिब हैं तानकर सीना
बात झुककर ग़ुलाम करते हैं

मुल्क को बेचने का रहबर खुद
आजकल इन्तज़ाम करते हैं

भक्ति होती है जिनकी शबरी-सी
काम सब उनके राम करते हैं

लिपटे आये हैं जो तिरंगे में
यह ग़ज़ल उनके नाम करते हैं

हमसे जाने ये कैसी ख़ता हो गयी
ज़िन्दगी, ज़िन्दगी से ख़फ़ा हो गयी

उसके घर बेटियों ने जनम क्या लिया
ज़िन्दगी भर की मानो सज़ा हो गयी

आपने मुस्कराकर जो देखा हमें
खुद-ब-खुद दर्दे-दिल की दवा हो गयी

चुटकुलों से भरे आज के दौर में
मंच से शायरी लापता हो गयी

ग़म के माहौल में जिसने बाँटी खुशी
उसकी तो बिन किए प्रार्थना हो गयी

बनके बादल बरस जायेंगी बिजलियाँ
गर बुज़ुर्गों की हम पर दुआ हो गयी

जिसकी साँसों में चाहत की खुशबू मिली
उसको छूते ही पागल हवा हो गयी

इन्सान देवता था, है शैतान आजकल
क्यों हो गया वो हिन्दू-मुसलमान आजकल

पश्चिम की सभ्यता की हवा इस क़दर चली
पूरब का गुलसितां है बियाबान आजकल

क्यों देखके वो अपने ही यारों की कोठियाँ
खुद को ही कर रहा है परेशान आजकल

लेकर के सात फेरे वो ससुराल क्या गयी
पिंजरे में उसकी फँस गयी है जान आजकल

खुद बनके घोड़ा जिसको खिलाया था पीठ पर
वो ही है मेरे दर्द से अनजान आजकल

वो घूमते हैं बनके बड़ी शख़्सीयत यहाँ
जो दो टके में बेचते ईमान आजकल

मिलने को भीड़ लोगों की मिलती है बेशुमार
मिलता नहीं है ढूँढ़े से इन्सान आजकल

कभी जब याद आते हैं तुम्हारी आँख के आँसू
मुझे बेहद सताते हैं तुम्हारी आँख के आँसू

रहीं मजबूरियाँ क्या-क्या हमारे दरमियां अक्सर
व्यथा उनकी सुनाते हैं तुम्हारी आँख के आँसू

कभी बदली, कभी बारिश, कभी झरना, कभी दरिया
कभी सागर दिखाते हैं तुम्हारी आँख के आँसू

नयन की नाव में दिल के सफ़र पर जब निकलता हूँ
मुझे तब-तब डुबाते हैं तुम्हारी आँख के आँसू

ग़मों की रेत पर तपते हुए जीवन के सहरा में
हमेशा सूख जाते हैं तुम्हारी आँख के आँसू

कभी तुम आँख में अपनी इन्हें लाना न भूले से
किसी का दिल दुखाते हैं तुम्हारी आँख के आँसू

लबों पर आपके मुस्कान देती है खुशी मुझको
मुझे बेहद रुलाते हैं तुम्हारी आँख के आँसू

उनकी नज़रें जहाँ मेहरबाँ हो गयीं
बिजलियाँ भी वहाँ बदलियाँ हो गयीं

हाथ भी अब मिलाने से क्या फ़ायदा
दूरियाँ दिल के जब दरमियाँ हो गयीं

रंग फूलों के जबसे निखरने लगे
लड़कियाँ शहर की तितलियाँ हो गयीं

क्या करेगी घटा, क्या करेगी हवा
बन्द जब ज़ेह्न की खिड़कियाँ हो गयीं

याद आयी है उनको यक़ीनन मेरी
फिर दुबारा शुरू हिचकियाँ हो गयीं

फूँस पहले ही छप्पर पे कम था बहुत
क्या करें फिर शुरू आँधियाँ हो गयीं

दोस्तों ने निभाई है यूँ दोस्ती
तुझमें-मुझमें ग़लतफ़हमियाँ हो गयी

उनसे जब भी मेरा सामना हो गया
ख़ूबसूरत कोई हादसा हो गया

लड़खड़ाया मगर मैं गिरा क्यों नहीं
दोस्तों की दुआओं को क्या हो गया

आँधियों ने निभाई है यूँ दोस्ती
तिनका-तिनका मेरा घौंसला हो गया

जब से देखा उन्हें मुझको ऐसा लगा
एक चेहरा मेरा आइना हो गया

सबके सुख-दुख को अपना समझता था जो
आदमीख्श आज वो लापता हो गया

मेरे लड़ने के अंदाज़ को देखकर
मेरा दुश्मन भी मुझ पर फ़िदा हो गया

मेरे पाँवों के छालों को पहचान कर
और ज़्यादा कठिन रास्ता हो गया

लुट गये खुद, बचाई है यूँ दोस्ती
दोस्तों को सिखाई है यूँ दोस्ती

दोस्ती से बड़ी कोई दौलत नहीं
वो न समझा गँवाई है यूँ दोस्ती

तुझसे कुछ कह दिया, मुझसे कुछ कह दिया
दोस्तों ने निभाई है यूँ दोस्ती

जिसको सुनते ही भूलें सभी दुश्मनी
मेरी ग़ज़लों में आई है यूँ दोस्ती

हम तो जिसके हुए पूरे दिल से हुए
हमने अब तक कमाई है यूँ दोस्ती

बिजलियों ने कहा तो बरसने लगे
बादलों ने निभाई है यूँ दोस्ती

उनकी ज़िद देखकर अपनी ज़िद छोड़ दी
हमने आख़िर बचाई है यूँ दोस्ती

शे'र जो भी कहते हैं लाजवाब कहते हैं
बात को सलीक़े से हम जनाब कहते हैं

वो किसी की यादों में पूरी रात जागा है
उसकी सूनी पलकों पर ठहरे ख़्वाब कहते हैं

जिनके खुद के चेह्रे पर सैंकड़ों मुखौटे हैं
दूसरों के चेह्रे को वो नक़ाब कहते हैं

जोड़-तोड़ करके जो आज हैं बुलन्दी पर
क्यों हम ऐसे लोगों को कामयाब कहते हैं

जो चुभन को काँटों की सहके भी महकता है
कुछ भी तुम कहो उसको हम गुलाब कहते हैं

ज़िन्दगी को जीते हैं रहके जो अँधेरों में
वो ही एक जुगनू को आफ़ताब कहते हैं

ख़ुशबुओं को फैलाकर दिल में जो उतर जाये
शायरी की उसको ही हम किताब कहते हैं

आँखों को मत रोने दो
इनको सपन सलोने दो

नफ़रत के इस बंजर में
पौधे प्यार के बोने दो

जिसको कहते हैं सब दिल
हम-तुम उसके कोने दो

देखके हमको लोग कहें
ये तो हैं मृगछोने दो

जीवन में जो होता है
जीवन में वो होने दो

उनको फिर आज़माने से क्या फ़ायदा
चोट पर चोट खाने से क्या फ़ायदा

बनना है तो फुहारें बनो अम्न की
बिजलियाँ यूँ गिराने से क्या फ़ायदा

जिनसे करके वफ़ा बेवफ़ाई मिली
उनको अपना बनाने से क्या फ़ायदा

जिनसे रखना नहीं कोई भी वास्ता
उनके घर आने-जाने से क्या फ़ायदा

बन सको तो लबों का तबस्सुम बनो
अश्क बनने-बनाने से क्या फ़ायदा

पीठ पीछे उड़ायेंगे तेरी हँसी
सबको दुखड़ा सुनाने से क्या फ़ायदा

ज़िन्दगी का सफ़र यूँ बिताते रहे
आँधियों में दिये हम जलाते रहे

साथ देने चले थे जो तूफ़ान में
नाव को वो ही अक्सर डुबाते रहे

बाद में दमकलों को बुला लाये वो
आग बस्ती में जो ख़ुद लगाते रहे

वो अमर हो गये जो वतन के लिए
जान को मुस्करा कर लुटाते रहे

आइने में कभी खुद को देखा नहीं
आइना, आइने को दिखाते रहे

आँधियाँ नफ़रतों की भी चलती रहीं
प्यार की हम भी बस्ती बसाते रहे

आँसुओं के नगर में कटी ज़िन्दगी
हर घड़ी फिर भी हँसते-हँसाते रहे

दूर जाने की बात मत करना
दिल दुखाने की बात मत करना

दोस्ती की है तुमने दिल से, तो
खोने-पाने की बात मत करना

ज़ख़्म तूने दिये हैं जो उनको
भूल जाने की बात मत करना

ज़िक्र जिसमें है तेरा और मेरा
उस फ़साने की बात मत करना

बेशऊरों की अंजुमन में तुम
गुनगुनाने की बात मत करना

थी उसूलों की जिन दिनों क़ीमत
उस ज़माने की बात मत करना

गर्दिशो-रंजो-ग़म के मौसम में
मुस्कराने की बात मत करना

गर हमको ज़माने से यूँ प्यार नहीं होता
तो ज़िन्दगी जी लेना दुश्वार नहीं होता

नज़रों से ये नज़रें तो अक्सर हैं मिला करती
पर दिल का मिलन दिल से हर बार नहीं होता

सुख देखके औरों के, दुख से न तू घबराना
हर पेड़ की क़िस्मत में कचनार नहीं होता

नफ़रत ने हमेशा ही बस्ती को उजाड़ा है
गर प्यार नहीं होता संसार नहीं होता

जो अपने बयानों से हर रोज़ मुकरते हैं
ऐसों का यहाँ कोई किरदार नहीं होता

दिल बाँट के लोगों के जो आग लगाता हो
होने को वो कुछ भी हो, फ़नकार नहीं होता

जब तलक हममें प्यास रहती है
हममें जीने की आस रहती है

जिसकी ख़ुशबू से मन महकता है
वो, मेरे दिल के पास रहती है

दूर जाता हूँ जब भी दरिया से
तश्नगी आस-पास रहती है

वो तो कहती थी मुझको भूली वो
जाने फिर क्यों उदास रहती है

है ज़माना उन्हीं की मुट्ठी में
जिनके लब पर मिठास रहती है

आपके इक हसीं तसव्वुर से
ज़िन्दगी में उजास रहती है

बात करता हूँ दुनिया भर की, पर
बात उसकी ही ख़ास रहती है

याद मेरा ये फ़लसफ़ा रखना
हर मुसीबत में हौसला रखना

दाग़ औरों के जो दिखाता हो
सामने उसके आइना रखना

लाख कर लेना दुश्मनी लेकिन
इक सुलह का भी रास्ता रखना

ग़म सभी दिल में ज़ब्त करके तुम
अपने होठों पे क़हक़हा रखना

अश्क आँखों में क़ैद कर लेना
सबसे सम्बन्ध ख़ुशनुमा रखना

दोस्ती को गले लगा लेना
दुश्मनी से तू फ़ासला रखना

जिनकी नीयत सही नहीं होती
उनकी इज़्ज़त कभी नहीं होती

चाहे दीपक हो, चाहे सूरज हो
बिन जले रौशनी नहीं होती

राम मिलते हैं मन रमाने से
सिर्फ 'धुन' बन्दगी नहीं होती

दर्द, आँसू, घुटन, कराहों बिन
शायरी, शायरी नहीं होती

रौशनी का गुमान घट जाता
गर यहाँ तीरगी नहीं होगी

मेरी दुनिया में 'वो' न होती, तो
मेरी दीवानगी नहीं होती

कहना न कभी ज़िन्दगी आराम का घर है
इक भीड़ भरी रेल में 'वेटिंग' का सफ़र है

वो इतने करम करने लगे मुझपे अचानक
सजूदे में न मर जाऊँ इसी बात का डर है

जिसमें है महक़ फूलों की, काँटों की चुभन भी
ऐसा तो यहाँ सिर्फ़ मुहब्बत का सफ़र है

छुप-छुप के मुझे देखना फिर नज़रें चुराना
कहते वो रहें कुछ नहीं, कुछ बात मगर है

इस पार तेरे जिस्म को चलना है क़दम चार
आख़िर में सफ़र रूह का उस पार उधर है

हर बार मुझे छूके बुरा वक़्त टला है
अम्माँ की दुआओं में मेरी ऐसा असर है

झुक जाता है जिस दर पे पहुँचते ही मेरा सर
राजा का नहीं वो किसी दरवेश का दर है

ग़ज़ल अपनी सुनाना चाहता हूँ
तुम्हें यूँ गुनगुनाना चाहता हूँ

मैं उड़ते-उड़ते बेहद थक गया, अब
तेरी छत पर ठिकाना चाहता हूँ

तुम्हारा ज़िक्र है जिस दास्तां में
उसे मैं भूल जाना चाहता हूँ

मैं उनसे इसलिए लड़ता हूँ अक्सर
तअल्लुक़ आज़माना चाहता हूँ

मरासिम हैं मेरे जिनसे ज़रा भी
उन्हें हद तक निभाना चाहता हूँ

मैं महफ़िल में हमेशा खिलखिलाकर
चुभन दिल की छुपाना चाहता हूँ

ज़माने ने कभी ऐसा कोई मंज़र नहीं देखा
हमारे हाथ में उठता हुआ पत्थर नहीं देखा

मुझे बिजली के गिरने पर फ़क़त इतनी शिकायत है
कि इक मासूम का टूटा हुआ छप्पर नहीं देखा

वही मंज़िल पे पहुँचे हैं हमेशा वक़्त से पहले
जिन्होंने पाँव में चुभता हुआ पत्थर नहीं देखा

निभाई दोस्ती मुंसिफ़ ने क़ातिल को रिहा करके
हमारी पीठ में उतरा हुआ ख़ंजर नहीं देखा

जिन्होंने पेड़ नेकी के लगाये इस ज़माने में
उन्होंने खुद किसी भी मोड़ पर पतझर नहीं देखा

सुनो क्या गुज़री उस बाबुल पे बेटी की विदाई पर
कि जिसने जाती डोली की तरफ़ मुड़कर नहीं देखा

हमने अश्कों से आँख धोई भी
ज़िन्दगी हँसके ख़ूब रोई भी

खुद ही कश्ती बचाके लाए हम
अपने हाथों ही खुद डुबोई भी

देखके दुनिया अब ये लगता है
अपना दुश्मन न दोस्त कोई भी

एक सीमा के बाद आपस में
अच्छी लगती है साफ़गोई भी

ये भी कहती है "तुझको भूली मैं"
और रहती है खोई-खोई भी

जब भी अँधियारी रातों में उसका चेहरा देखा है
मुझको ऐसा क्यूँ लगता है जैसे चन्दा देखा है

जिस पर उसकी मेहर हो गयी उसका बेड़ा पार हुआ
हमने तो तूफ़ानों में भी दीपक जलता देखा है

मंदिर-मस्जिद, काशी-काबा दीन-धरम की बात न कर
मैंने तो हर इक चेहरे में उसका चेहरा देखा है

हिन्दू-मुस्लिम दोनों मिलकर जिसकी पूजा करते हैं
हमने दुनिया में ऐसा भी एक कबीरा देखा है

मुल्क हुआ आज़ाद, तरक़्क़ी की तुमने, लेकिन हमने
शहरों के फुटपाथ पे भूखा बच्चा मरता देखा है

तुम्हारी आँख में पानी नहीं है
हमारी बात बेमानी नहीं है

वतन को लूटकर अब खा रहे हैं
वो जिनकी कोई क़ुरबानी नहीं है

बनाया 'नेट' ने हुशियार इतना
कि अब बच्चों में नादानी नहीं है

भले उर्दू में हैं कितनी विधाएँ
ग़ज़ल का कोई भी सानी नहीं है

चढ़ा दें रहनुमा सूली पे बेशक
हमें विरुदावली गानी नहीं है

ज़माना एक दिन पूजेगा हमको
अभी दुनिया हमें जानी नहीं है

सियासतदां की मक्कारी अलग है
मगर अपनी भी ख़ुद्दारी अलग है

नहीं है मीरो-ग़ालिब जैसी लेकिन
हमारी भी ग़ज़लकारी अलग है

ज़माने भर ने की है बेवफ़ाई
मगर अपनी वफ़ादारी अलग है

सभी को काट देती है बराबर
बदलते वक़्त की आरी अलग है

है मुफ़लिस, बेटियाँ हैं पाँच घर में
दमे की उसको बीमारी अलग है

लड़ाई जीत लेगा ज़िन्दगी की
वो जिसकी अपनी तैयारी अलग है

तुम्हें इस दौर के हालात का मंज़र बताऊँ क्या
हुई क्यूँ आँख मेरी आँसुओं से तर बताऊँ क्या

है चेहरे पर उदासी, दिल में ग़म और आँख में आँसू
हक़ीक़त आज के इन्सान की हँसकर बताऊँ क्या

है इसकी ही हवा, मिट्टी, अगन हर अंश में मेरे
ये धरती है जो माँ जैसी, इसे बंजर बताऊँ क्या

मैं ईसा की बुलन्दी हूँ, मैं हूँ सुकरात का साया
हक़ीक़त रहनुमाओं की तुम्हें डरकर बताऊँ क्या

नहीं है प्यार की इक बूँद भी जिनकी रवानी में
मैं इन सूखे नदी, नालों को भी निर्झर बताऊँ क्या

मैं अपने दुश्मनों से खुलके दो-दो हाथ कर लेता
उठे हैं दोस्तों के हाथ में पत्थर बताऊँ क्या

रोज़ बढ़ती आफ़तों से जूझिये
ज़िन्दगी की मुश्किलों से जूझिये

बेइमानी झूठ, मक्कारी, दग़ा
आदमी की फ़ितरतों से जूझिये

हो गये इक घर में दरवाज़े अलग
बढ़ रही इन नफ़रतों से जूझिये

ताज़गी आई कहाँ अशआर में
फिर ग़ज़ल के काफ़ियों से जूझिये

कर न दें वीरान अपना गुलसितां
पश्चिमी इन आँधियों से जूझिये

चाहतें बच्चों की, और ये मुफ़लिसी
सिर पटकती ख़्वाहिशों से जूझिये

बम फटे, जिनमें कई बच्चे मरे
रोज़ ऐसे हादसों से जूझिये

मुझे मेरे ही भीतर से उठाकर ले गया कोई
मैं सोया था कहीं बेसुध, जगाकर ले गया कोई

मैं रहना चाहता था जिस्म की इस क़ैद में लेकिन
मुझे ख़ुद क़ैद से मेरी छुड़ाकर ले गया कोई

गये हैं दूर वो जबसे भटकता हूँ अँधेरों में
नज़र से नूर को मेरे चुराकर ले गया कोई

भरी महफ़िल समझती थी मैं उसके साथ हूँ लेकिन
मुझे नज़रों ही नज़रों में छुपाकर ले गया कोई

नदी-सा बेख़बर अपनी ही कल-कल में मगन था मैं
समुन्दर की तरफ़ मुझको बहाकर ले गया कोई

मैं जैसा भी हूँ, वैसा अपने शे'रों में धड़कता हूँ
मुझे ग़ज़लों में मेरी गुनगुनाकर ले गया कोई

भटकता फिर रहा था बिन पते के ख़त सरीखा मैं
मेरा असली पता मुझको बताकर ले गया कोई

तेरे बिन ज़िन्दगी पतझर की तरह लगती है
फूल की पाँखुरी ख़ंजर की तरह लगती है

उसको देखूँ तो सुकूं मिलता है मेरे दिल को
उसकी सूरत मुझे ईश्वर की तरह लगती है

जिसकी गहराई का अंदाज़ नहीं है कोई
वो है इक झील समन्दर की तरह लगती है

'बस, यहाँ से हैं अलग मेरे-तुम्हारे रस्ते'
बात याद आए तो नश्तर की तरह लगती है

उसको हर हाल बिगड़ना है सँवारूँ कैसे
वो मुझे मेरे मुक़द्दर की तरह लगती है

झील-सी आँखें, कमल-होंठ हैं जिसके वो मुझे
इत्र में महके सरोवर की तरह लगती है

है तेरी ज़ुल्फ़ों के साये में घनेरी छाया
छाँव इनकी मुझे तरुवर की तरह लगती है

एक दिन ज़माना ये, प्यार को ही पूजेगा
लौटकर हमारे फिर द्वार को ही पूजेगा

दूसरों को दुख देके जो हुआ है खुश, वो तो
कंकरों, बबूलों या ख़ार को ही पूजेगा

दोस्ती अगर उसने की है पूरे दिल से तो
हमको ये यक़ीं है वो प्यार को ही पूजेगा

मंज़िलों की जानिब जो, बढ़ चला नदी-सा, वो
पत्थरों से टकराती धार को ही पूजेगा

कितना भी बहे ख़ूं पर, एक दिन ज़माना ये
गाँधी और गौतम के सार को ही पूजेगा

तुम्हें कैसे सुनाऊँ ख़ुद के ही हालात का क़िस्सा
मेरे आँसू बतायेंगे मेरे जज़्बात का क़िस्सा

भरी है नींद आँखों में, उड़ा है रंग मुखड़े का
तेरे चेहरे ने बतलाया है तेरी रात का क़िस्सा

उठी मेरी तरफ़ उसकी नज़र इक बार मुश्किल से
बना डाला है दुनिया ने युँही बिन बात का क़िस्सा

चला जो सच के रस्ते पर, ज़हर पीना पड़ा उसको
यही बातें बताता है हमें सुकरात का क़िस्सा

नहीं क्यों चैन अब दिल में, नहीं क्यों नींद अब आती
भला किस-किसको बतलाऊँ मैं अब इस बात का क़िस्सा

लिख रहा हूँ ग़ज़ल सब तुम्हारे लिए
मुझको जीने हैं पल सब तुम्हारे लिए

तुम हो सागर के मंथन से निकला अमिय
पी रहे हैं गरल सब तुम्हारे लिए

छन्द, दोहा, ग़ज़ल, गीत, मुक्तक तुम्हीं
है सृजन आजकल सब तुम्हारे लिए

रूप में है तुम्हारे छुअन भोर की
खिल रहे हैं कमल सब तुम्हारे लिए

तुम बिना ज़िन्दगी थी कठिन प्रश्न-सी
प्रश्न करने हैं हल सब तुम्हारे लिए

किसके मन में कैसी है भावना समझते हैं
ज़िन्दगी का हम यारो! फ़लसफ़ा समझते हैं

दौर अब दिखावे का आ गया है कुछ ऐसा
लोग आज पत्थर को आइना समझते हैं

उनके पैर बढ़कर खुद चूमने गई मंज़िल
अपनी ठोकरों से जो रास्ता समझते हैं

जानते हैं रिश्ते हम क़ातिलों से मुंसिफ के
किसके हक़ में होना है फ़ैसला समझते हैं

जिनके इक इशारे पर हमने जां लुटा दी है
वो भी जाने क्यों हमको बेवफ़ा समझते हैं

दौर में फ़रेबों के सच को सच कहा जिसने
लोग ऐसे इन्सां को सिरफिरा समझते हैं

अपने ढब की बात करो
सिर्फ ग़ज़ब की बात करो

कल जो होगा सो होगा
अब तुम अब की बात करो

दुनिया चाहे कुछ सोचे
तुम मतलब की बात करो

चाहे सब दे दें धोखा
फिर भी सब की बात करो

जिसको इश्क़ भी कहते हैं
ऐसे रब की बात करो

तुम्हारी याद के साये में आके बैठ गये
हम अपने ज़ख़्म को दिल से लगाके बैठ गये

तुम्हारे बारे में सोचा तो यूँ लगा हमको
इलाहबाद में संगम नहाके बैठ गये

जिन्हें भरोसा था अपनों पे इस ज़माने में
वो अपने हाथ से घर को जलाके बैठ गए

न जिनको तख़्त की चिंता, न ताज से मतलब
हम उन फ़क़ीरों के साये में जाके बैठ गये

जिन्होंने मन से की सेवा पिता औ' माता की
वो चारों धाम के दर्शन कमा के बैठ गये

तू मेरी शायरी में वो कमाल पैदा कर
जो अब तलक न बनी, वो मिसाल पैदा कर

बदलनी है तुझे इस दौर की सियासत तो
रगों में जम चुके ख़ूं में उबाल पैदा कर

वही है जल में, गगन, थल में, वायु, अगनी में
जेहन में अपने फ़क़त ये ख़याल पैदा कर

क्यों ज़िन्दगी है हमारी ये बुलबुले जैसी
मत अपने मन में तू ऐसे सवाल पैदा कर

जो जीतनी है तुझे दुनिया अपने दम पर तो
तू अपने दम पे ही खुद में कमाल पैदा कर

जहां में चाँदनी तेरे हुनर की फैलेगी
कहन में चाँद के जैसा जमाल पैदा कर

तुलसी की चौपाई के सँग ग़ालिब का दीवान भी है
मेरी हैं ये सभी रिवायत, मुझमें हिन्दुस्तान भी है

केवल जामो-मीना इसको मत समझो दुनिया वालो!
आज की ग़ज़लें ये कहती हैं हमपे तीर-कमान भी है

दुनिया को बाहर से दिखता है जो सुन्दर ताजमहल
उसके दिल की बस्ती में इक उजड़ा क़ब्रिस्तान भी है

जिसने दुनिया की नज़रों में केवल मस्त फ़क़ीरी जी
उससे मिलकर पाओगे तुम उसमें इक सुल्तान भी है

जिसको दिल से चाहा मैंने कैसे क़ातिल कहूँ उसे
वो मेरा क़ातिल हो बेशक, वो मेरा अरमान भी है

याद करके किसी को हमारे, जबसे सपने सुहाने हुए हैं
थोड़े वो भी दिवाने हुए हैं, थोड़े हम भी दिवाने हुए हैं

उनकी बातों ने मुझपे अचानक, ऐसा जादू-सा कुछ कर दिया है
बोल मेरी ज़ुबां से जो निकले, प्यार के सब तराने हुए हैं

अपने बारे में क्या मैं बताऊँ, मुझपे ख़ुद मेरा क़ाबू नहीं है
अब ये दिल, ये नयन कब हैं मेरे, अब ये उनके ठिकाने हुए हैं

जंगलों में भटकता हिरण-मन, प्यार में हो गया तबसे घायल
तीर अपनी नज़र के वो जबसे, इस हिरण-मन पे ताने हुए हैं

जब से वो मिल गये मुझको तबसे, ऐसा लगने लगा ज़िन्दगी में
प्यार के घर हैं जितने जहां में, सारे अपने घराने हुए हैं

वो मेरे दिल में बसे इक हसीं ख़याल-सा है
हवा में देर तलक हिल रहे रुमाल-सा है

जफ़ा पे उसकी मुझे किसलिए मलाल हुआ
इसी मलाल पे अब तक मुझे मलाल-सा है

बिछुड़के मैं ही नहीं ग़मजदा-सा रहता हूँ
बिछुड़के वो भी तो मुझसे बहुत निढाल-सा है

बता ऐ चिड़िया! तू थक कर कहाँ पे उतरेगी
बहेलियों का बिछा हर तरफ़ ही जाल-सा है

हरेक शे'र ही मेरा हुआ है जल्वागर
ये मेरी शायरी में उसका ही जमाल-सा है

धन के लालच में सब रिश्ते भूल गये
कौन पराये, कौन हैं अपने भूल गये

कम्प्यूटर के दौर में अब तो बच्चे भी
चंदा मामा, गुड़िया-गुड्डे भूल गये

उसकी एक झलक जो देखी पल भर को
अब तक देखे सभी नज़ारे भूल गये

तेरे नयनों में क्यूँ आज उदासी है
क्या ये लेना मेरे सपने भूल गये

मोबाइल का दौर चला है कुछ ऐसा
घर का रस्ता तक हरकारे भूल गये

ज़िन्दगी में पार की हैं जिसने जितनी खाइयाँ
उसको जीवन में मिली हैं उतनी ही ऊँचाइयाँ

ये अँधेरा मुझसे रौशन हो रहा है इसलिए
उसकी यादों की हैं मेरे साथ में परछाइयाँ

तज्रुबा हमको ज़माने का बताता है यही
चाहे कुछ पा लो मिलेंगी अंत में तनहाइयाँ

पत्थरों के शह्र में जब ज़िन्दगी पत्थर हुई
याद तब आई बहुत ही गाँव की अमराइयाँ

दूर होके उससे केवल मैं नहीं हूँ ग़मज़दा
मेरे बिन उसके जीवन में हैं फ़क़त रुसूवाइयाँ

खारा जल है पास में सागर के, तो मोती भीहैं
हर बुरे में भी मिलेंगी कुछ न कुछ अच्छाइयाँ